阳光文库

沈奇 著

天生丽质

黄河出版传媒集团
阳光出版社

图书在版编目（CIP）数据

天生丽质 / 沈奇著. -- 银川 : 阳光出版社, 2020.11
（阳光文库）
ISBN 978-7-5525-5709-1

Ⅰ. ①天… Ⅱ. ①沈… Ⅲ. ①诗集 – 中国 – 当代 Ⅳ. ①I227

中国版本图书馆CIP数据核字(2020)第226823号

天生丽质　　沈奇　著

责任编辑　丁丽萍
封面设计　晨　皓
责任印制　岳建宁

黄河出版传媒集团 阳光出版社 出版发行

出 版 人　薛文斌
地　　址　宁夏银川市北京东路139号出版大厦（750001）
网　　址　http：//www.ygchbs.com
网上书店　http：//shop129132959.taobao.com
电子信箱　yangguangchubanshe@163.com
邮购电话　0951-5014139
经　　销　全国新华书店
印刷装订　宁夏凤鸣彩印广告有限公司
印刷委托书号　（宁）0019080

开　　本　880mm × 1230mm　1/32
印　　张　5.375
字　　数　100千字
版　　次　2020年11月第1版
印　　次　2020年12月第1次印刷
书　　号　ISBN 978-7-5525-5709-1
定　　价　38.00元

沈奇，1951年生，陕西勉县人。

西安财经大学文学院教授，北京大学中国诗歌研究院研究员，中国作家协会会员。

20世纪70年代开始诗歌写作和文学创作活动。

著有《沈奇诗选》《沈奇诗学文集》（三卷）及随笔集《秋日之书》等18种。

主编《九十年代台湾诗选》《现代小诗300首》《当代新诗话》（十卷）等9种。

看过日落后眼睛何用？

——读沈奇《天生丽质》

赵毅衡

沈奇的这本诗集，用心之一，在如何于现代语境下重新认识汉字的神奇。

在沈奇的理解中，汉字是世界上最奇怪的一个符号系统：它是语言，它又不是语言，因为它不会说话；它是图画，它又不是图画，因为它不描述；它是书写，它又不是书写，因为它呈现自己，并不用替代来再现。说它是符号系统，是因为我们用它来做日常生活的传达：卖掉田里的青菜萝卜，牌价几何；买进《道德经》五千言，无价之书。其中完全没有符号的等价关系。我们至今能读懂《论语》，哪怕孔老夫子说“学而时习之”的口音比今天的广东话还难懂。而任何其他民族，要读懂他们自己的三千年前的古籍，都要学另一种语言。我们中国人今天依然是一个伟大的民族，都是中华儿女，而欧洲人基因类似，却四分五裂成几十个民族，各自拥有一堆诗人，在鼓噪自己的诗句。

因此，毕加索说他愿意做个汉字的书法家，“如果当不成毕加索的话”；因此，当庞德说：“我们在汉字中找到一整套价值观，就像文艺复兴找到希腊”，纳博科夫闻之大为惊恐，气急败坏地骂庞德是“老骗子”；因此，那个天才的保加利亚女子克里斯台娃，发现汉语实际上有两套语言：汉字书写是“生成文本”，像根茎，可以长出许多不同的口语式的汉语土豆，作为“现象文本”；因此，沈奇发现汉字魔术般地随机、随意、随心、随缘。是的，汉字本质上是诗性的，只有汉字，才是诗意栖居的家园。其他语言是砖块砌成的，汉字是绿莹莹的婆娑树盖。

沈奇的这本诗集，用心之二，在如何于现代语境下重新认识禅的神奇。

多少现代诗人向往禅诗，犹如大旱之望云霓：中国汉语诗歌发展到新诗，后天失调，因为它用的语言不是诗的语言。现代汉诗，被沈奇妙称为“一个伟大而粗糙的发明”，长得太难看，实际上是个畸形儿。伟大是让步修辞，是因为只此一个，不伟大也只能伟大，而粗糙确是人所共睹。现代诗歌又是先天太足，中国文化史的积累足够丰富，其中的一个镇宅之宝就是禅诗。

禅非常神奇，它是靠自己从内部解构才得以存在的，也就是说它的存在本身就是为了解构自己：说出来的不是禅，不说出来的才是禅，禅就是说了没有说的东西；但是诗是禅翻个面的镜像：写出来的才是诗，写不出来的不可能是诗。所以禅诗是双重解构的，是从相反方向解构的：禅诗因为是写出来的，必不是禅；禅因为拒绝被说出，因此不会进入禅诗。如果一定要形诸语言，禅要说得笨拙，诗要写得漂亮，完全是南辕北辙：禅诗如果可能，必定是吞噬自身的意义漩涡。

我们写诗读诗的人不可能得到禅，我们只是与禅在玩游戏；我们也知道我们不可能得到诗，我们只是让诗在玩我们。这种意义的逗弄，才是诗的真谛。如果我们真正把意义抓住，我们就扼住了自己的喉咙。只有在禅诗中，我们才真正进入人生的游戏：我们作为凡躯之人，肉身之人，心里灌满七情八欲的脏秽，得到禅悟是非分之想，要想读一首诗的短短几行字就得到禅悟，岂非狂妄？

既然禅不是禅诗，禅诗说的也不是禅，那么是否诗必非禅，禅必非诗？现代诗人写禅诗不是注定失败？也不是，因为他有一套接近禅境的工具，那就是汉字。无怪乎菩提达摩知道，他在用梵文或巴里语的印度，不可能有传教的希望。他也知道在遥远的东方，有这个用特殊符号当文字的中国人，以及跟着学的韩国人和日本人，那里才是禅的希望所在。于是佛劫之后，达摩祖师一叶过海，来到东土；一苇渡江，南北景从。

汉字是诗的符号，也是禅的符号，汉字是不说出来的，是一种沉默的文字：一个“日”，可能读成 ri，读成 zhi，读成 ni。汉字是不再现的，是一种非图画的图画文字，它超越此解彼解，自成一义。静观此字，犹如遥望西天海上那悬鼓之日。

由此，沈奇说，当他写下“茶渡”两字，诗已经写成，余下的诗句，只是给出一种衍生可能：它可以是 crossing after tea，可以是 crossing while drinking tea，可以是 crossing by tea，这些翻译都是解释，这些解释都马马虎虎可以，就像“茶渡”二字可以用任何笔墨，写成任何形状，但是写出来的都不是原来的二字。面对此种文字，西方译者肯定束手无策，他们的逻辑语言肯定迫害诗意，破坏禅悟。哪怕模仿中文，写成 tea crossing，趣则趣矣，已经失魂落魄。而东方诗人和读者看之莞尔一笑——

没有比现在更暧昧的时刻

——《晚钟》

静下来，少安毋躁。“茶渡”对面，就是婆罗密，就是 Piramita，就是彼岸。

沈奇的《天生丽质》是一本奇书，它让三个对抗的元素——汉字、禅、现代诗——相撞成为一个可能，就像建在瑞士地下五百米深的环形隧道里的欧洲大型强子对撞机，在近光速的粒子相撞后，或许会产生一个黑洞，宇宙生成状态之前的黑洞，吞噬一切的黑洞：于是我们这个浑浑噩噩平平板板自以为了不起的庸常世界毁灭了，在几十万分之一秒的时间内，但是另一个宇宙从黑洞里爆炸产生了。那是个什么样的宇宙呢？是不是会充满诗意呢？是不是会有生活的生灵来感知它呢？我们不知道，我们不必知道，因为我们已经看到宇宙塌缩和诞生的辉煌，我们已经可以想象一切：我们的想象已经能够超过一切。

……那人兀自涉水而去

身后的长亭

尚留

一缕茶烟

微温

——《茶渡》

汉字在理性的宇宙创造一个黑洞，在那里，几世几劫世界冰凉之后，茶尚有微温，因为我们已经得到禅悟，我们可以释然。《观无量寿佛经》第一观，就是“日观”而得“方便”。太阳是我们心中造出的。看到日落之后，世界已经新生，另一个非此色非此法的世界。那么眼睛还有何用？诗还有何用？留一缕余温，提醒我们，凡人肉眼竟然也看到过如此天生丽质的境界。

2020年10月10日于四川大学

目 录

辑一

辑二

辑三

辑四

辑五

辑　一

在新古典主义的基础上，找寻一种新的诗体，或许由此可以重新找回诗歌本源的生命性和汉语诗歌本源的生命性，走向一个新的诗歌表意时代？

——赵毅衡

在“字”的意义上，构筑起一个现代诗人的古典理想。

——陈思和

这些诗并没有完全脱离现实，还可以读出内心的伤感、疼痛，和袒露着的一颗美好的心灵，以及东西方思想的碰撞。他只是换了另一种表达方式，这是一种有针对性的方式，提示我们如何摆脱影响了我们很长时间的翻译体，以回到汉语内在的力度。

——谢　冕

云　心

云白天静

心白人静

欲望和对欲望的控制

——人群深处

谁的一声叹息

转瞬即逝

空山灵雨

有鸟飞过

茶 渡

野渡

无人

舟自横

……那人兀自涉水而去

身后的长亭

尚留

一缕茶烟

微温

雪　漱

酒　醒了
雪还没醒

是谁昨夜不辞而别

空空盈盈
一个白里

唯三两麻雀
叽叽喳喳

小　满

夏风醉了
小姑待嫁

收不拢的小心思
熟一半
生一半

燕子飞过
眼里起云烟

人世的安排
原只是　这
小小的一个满

青　衫

其实早早就嫁了……

嫁于风的小女孩
身儿轻
心思重

莫问梦归何处

藏起旧衣衫
待月影青青

胭　脂

焉知不是一种雪意?

深
浅
浓
淡
以及卸妆后的
那一指
薄寒……

揽镜自问：假如
真有一杯长生酒
喝还是不喝

凤仙花开过五月
可以睡了

琥　珀

抚摩　一个
青涩的芒果

那玉般的感觉
如白云的焦渴

手垂下——
空出的位置
灰烬依旧

风 情

切开水果
观察落日

心　变软
舌头变短
眼中飞过流萤

……意绪陌生
如花香的无名

而阵雨重新下起
芒果的乳房闪亮
故事湿成一片草地

岚　意

云揉山欲活

——风动
那约了黄昏的
佳人
才心动

而山自惬意

依 草

好在那个“依”字
静静的好

花枝招展后
有未落的骄傲
和残余的矜持
在向晚的记忆里
对夕阳说——

“依草”
不是“落草”

上　野

上　总是
野野地在着

野野的“在”中
“上”才真正独立了

“野”是自由
“上”是自由的微笑

让　度

本空——

云过山不动
日影淡抹
草色一时凝重

风吹
花开
水流
其实各无情

鹰或许孤独
而天籁没有所指

——让度

本　相

默牛承佛

青娘
青稞

仓央嘉措的月亮哟

一夜素心
观
红云如雪

古　道

古道

上游

草色待闲

花腔出岫

喇叭吹酸曲

老日子穷人不穷心

有的没的

天听地听

日影悠长

古风认命

西　凉

瘠岭如铁
河黄起泥波

野风浪荡不回家
寂寞三两小花

女儿安稳
夭夭灼灼

汉子硬朗
潇潇洒洒

西凉
西凉
风流任性不做假

遂　宁

遂心而宁
山静水静

涪江流日夜
——再薄的命
也要开出红颜来
风中的荷香
不溢不涸……

西山的月亮升起了
影影绰绰，总有
陈子昂的身影
千古穿越
邀我同歌——

遂宁遂宁
遂心而宁

高　原

高　则远
原初的雪意

第五季的呼吸
度佛教的蓝

虚拟还乡
灵魂靠岸

今夜　在高原
不洗澡　洗心

朗 逸

秋深了——
云在天空闲着

植物和动物
忙它们的收获

有信仰的人
是安详的

一尊飞天，从壁画
走出，渴望爱情

长安一片月
万户捣衣声

子　曰

三月年少
伸手摘星

那时的星星
也亮亦亲

探春　惜春
桃花褪尽残红

佛说：放下
子曰：本空

唯惜
唯惜

摘星的那只手
还留些些余温

依　诺

……冬藏

桂香淡出
菊影微茫

唯芒草老来如故
期期念念
为初雪暖场

知己千古
伊诺苍苍

自 若

云是上天的诗句
只有意思
没有道理

风是大地的絮语
诉说近苦
暧昧远意

人是小草的绿寂
千年万年
一呼一息

——非智
——非慧
一点点不悔的累

睡　莲

睡着开花
也是一种开法

与飞翔的姿态
形成某种呼应

花落叶枯时
或有晚钟低回

在微云的远空
水面了无一痕

辑 二

悟字当头，以简驭繁；诗禅互济，情怀自现。炼当世人生百般况味，而有清韵存焉。

—— 唐晓渡

在这个心烦意躁的年代，这本诗集给人们提供了精神的卜居。乍嗅，它们像一缕古香；细品，却是当下生命的清气。

—— 陈　超

这是一次汲古润今、缩龙成寸、一花一世界的诗学实践。

—— 杨匡汉

静　好

牛粪边开满鲜花
岩石上锈出图画

牛无意养花
石头从来不说话

只是　各自
静静地在着

只是　偶尔
与路过的风说

道可道非常道
静好是最好的好

缘　趣

打开一把锁
再将它锁上

……然后
钥匙丢了

谁的钥匙
谁　的手

你　不说
我也不说

禅　悦

笑到最后的人
笑着笑着也死了

野风问灵龟
何以长寿?

答曰：无哭无笑
只是自然在着

野风还是笑了

野逸

在风景之中
在故事之外

背景单纯
角色朦胧

野风抹去焦虑
细草剔尽虚荣

白云安适
天心无梦

提　香

香　怎么提
一种悦意

——心到哪
悦意到哪

提香的那只手
如云的无法

开　悟

五十而知天命

睡觉之前
不再想明天
按时吃药
也不再做梦

这是个好习惯
它使你早晨醒来时
有一些比较真实的
感动……而且

一转眼就是黄昏

印　若

……午后

没有鸟的天空
没有梦的眠床

鸟变成树
树变成池塘
池塘变成水的意象

梦呢?

梦变成鸟
鸟变成树树变成池塘
池塘变成
水的意象

意象不是诗

是存在的空茫

午后……

灭　度

身在其中
其中有身
何以独化？

一念至此的那人
遂遁木而逝
化身：一尊古琴
引高山流水
抚云卷云舒

——梦醒七点钟
早茶、早点、早间新闻
以及远方亲友的
短信、微信，以及……

春风醉人
遛狗出门

光　阴

一唱雄鸡
天
下
白

时间开始了——

儒过
释过
道法自然过
总是新桃换旧符
朝露换朝珠

——而神不再说话

行到水穷处
唯见机器人

子 虛

绝峰一草庐
老僧半间
云　半间

僧闲
云闲
屋子也闲

只有山下的风忙
忙它的万紫千红

或许明日——
云做了僧
僧做了云
云再随了风去做了
另一番万紫千红

——总是别说破

悉　昙

真水无香
那么清风
也就无痕了

却见一昙如烟
以有来有去
证无来无去

拈花笑听
时令潮人
竞相喊郁闷

如　焉

千峰一月明

岩上野菊
数茎清黄
自牧一段香

空妙之界
高过真实
高过梦想

或许如此

羽　梵

浮阁一羽

面南
面北
面东
面西

……或者无极

那只受伤的鸽子
飞哪儿去了？

浮羽一阁
静日无尘
谁是卷帘人

本　康

和山说话的人
自在本康

和水说话的人
自在本康

羊的草牛的草
……人的心啊

将一块石头洗白
再放回水中

另一种呼吸里
本康自在

菩　提

菩萨的提醒——
停下来，等等灵魂

无族谱可续的
异乡人啊
无祖屋可居的
漂泊者啊
今夜停下来
给心一次醉
一个沉睡……

空山新雨后
天气晚来秋

秋色
秋色

一半是初心的蔷薇

一半是自焚的雪

唵嘛呢叭咪吽！

格　义

“虚”对“无”说
——你本是我

“无”对“虚”说
——你本是我

“本”对“是”说
——无我则无你

“是”对“本”说
——我在你方在

佛祖拈花
迦南答话

能指所指
都是佛指

拈　花

虎落平阳被犬欺
——一个高贵的
自由意志的晕眩

未几，犬落井中
听取投石一片！

未几，一只老山鸡的
孩子，喜获启蒙
赶往养鸡场的
方向，一路狂奔……

木末芙蓉花
山中发红萼

唱　和

吃苹果不吃苹果酱
吃花生不吃花生酱

“吃货”讶异——
这厮，是否是一个
过期的完美主义者

——欣然闻此
苹果提前开花
花生提前结果

背尘合觉处
莲花次第香

木　雅

人非草木
——其实
草木比人雅致呢

细切春日古槐
文质彬彬
风里抽枝发芽

质于木
文以雅

——谁家小孩
学步叫“妈妈”

木雅
木雅

清　流

心中无目
则目中无人

无人有目
而慧照豁然

——去表现
不可视见的

——去命名
不可言说的

清流一脉
孤影横绝

如　故

季节如故

远方的自己回到老屋
重新喜欢——
白粥、咸菜、烤红薯

抑或：下午茶后
听杜鹃啼春
看蚂蚁上树

春来发几枝？

——心入根泥
何须逐春飞絮

初 证

最初的力量
是山水之唱和
以及石头的态度
草籽与节令的契阔

最初的力量
是赤脚的女孩
莫名的泪
从莫名的笑涡流过

好花纷纷自开自谢
好人萌萌自在自乐

最初的力量
生命与万物
——自己的因
唱和自己的果

辑 三

以现代视角回眸传统，另辟蹊径，自创品牌。读这些新的实验作品，的确使人眼睛一亮，叹曰：这就是了！

——洛 夫

在抟与塑之间，诗人唤醒了悠久丰润的诗性记忆：却顾所来径，苍苍横翠微。短篇的尺幅，也由此而具有了长制的空间。

——胡 亮

让人心静，又让人心动。在这静和动之间，边界消隐，一缕缕清香，意蕴的清香，汉语的清香，引领着你，在古典和现代之间，在内在和外在之间，在时间和词语的深处，作一次贴心的漫步。

——高 兴

大　漠

大漠孤烟直

直
烟
孤
漠
大

一沙独白
一世界的天籁
无适
无莫

连苍狼的目光也温柔了

天地清旷
一鸟若印

野　葵

一世界的浮华里
只剩下——
你的头颅
沉重如初

——怅然回首
大野独彷徨

不再追逐：太阳
相互的光芒
唯火焰的面庞
金黄闪亮

……那一种豪华的孤独！

秋　白

雨声……雨声
声声雨声……

声声雨声里
听：一把旧锁开启
无春
无夏
无语
无……听

唯清凉如寺
任孤独之钟
撞
飞
一天乱云

似鹰

归　暮

回首处——
河山已然老去

啸声依旧
鬃毛的飞扬依旧
只是眼前的道路
有些模糊
而骑士不知所终

——鞭影如梦
如柳丝的朦胧

蹄印散散落落
比残阳重
比月光轻

虹　影

只有光影的歌吟
瞬间永存

澡雪沐耳
听沉云如磬
前世的浪子如约归来
虹非虹影非影
空门不空……

风的手轻轻
——按动快门

松　月

长臂恨晚
美人在肩

你对悬崖讲的故事
连风也无法翻译

山有多高
月就有多小

（你是说“约会”的“月”吧）

总是梦巢难筑
——尘世
　　清影
　　内心的挺拔

听秋水渐远渐冷……

听　云

粲然一笑
你同自己握别后

便去了一个
不确定的远方

坐下
听云

千里之外
有人因失恋而自残

江月年年照何人？

茉莉花
茉莉花
一段乐曲刚刚结束

浮　梦

接近于透明的
水膜，一碰就破

鱼从荆棘中游过
吐一串梦的泡泡

说：也算一种活

红　尘

红尘　红尘
谁携素手唱秋云

爱我自己的爱
美我自己的美

花落叶尤繁
一抹浓绿
把心香扶稳

伊　人

自己的青涩
自己的羞
梨花半开蒙尘

云不疼
雨不疼
风吹花落心里疼

自己的矜持
自己的命

浅浅一笑任西东
兀自忆前生

秋　瞳

响晴的一个天

斑斓里
核桃
在阳光的纵深处
默默比试——

看谁老得更漂亮!

微　妙

高处不胜寒
是身寒
还是心寒?

——从梦的侧面
问完这个问题
那块顽石
伸出最后一只
感性之手
把秋阳抓个满怀
不再理睬
外在的风景

玉心尽弃
岁月静好

怀　素

树为呼吸而绿
花为自在而开

活到六十岁的诗人
才活出点明白——
汉语的老祖宗
什么时候想起
把头上的那片天
叫做“天空”

——秋意本天成
寂水无念
菊影微明

种　月

万影皆因月

种月为玉
再把玉种回
月光里去

怀柔万物的诗人啊
连影了也　　种到
那梅、那菊
那桐、那竹
那细草的摇曳中去了

德将为若美
道将为若居

坐看云起
心烟比月齐

秋　洗

深秋黄昏
茶烟虚拟孤云

未竟的思想
过时的性

时间之滴墨
在记忆中悬空

一只鸟自暮色
飞出而后隐遁

瞬目拈雪
提前过冬

风　流

旷世风流——
后现代之后
谁的手将远方的海
煮成“八宝粥”？

花间一壶酒
酒是勾兑的假酒
花是塑料花
愁是真愁！

唯留梦在上游
返乡的路转身即就

安的种子
静的阳光
春日桑柔
谁与携手

出　魔

千红争荣
浮华大派送

时代巨影如树
谁　还眷顾
一脉向下生长的
郁郁老根?

平白无故里
山色有无中

亦真
亦幻

听松问明月
石叩清泉——
古意南柯一梦

仿　宋

怎一个暮春时节
繁华次第落尽

桃花自忖——
反正要亡
索性烂漫到极致

……显见是瘦下去了
这结局
早已命定

尔后
尔后
且看一地残红

佛　子

父爱的手
千年虚著

千年的纠结啊
非易
是难
子不是子
父不是父
佛陀不是佛陀……

——夏日
在麦积山
一滴泪
一滴非儒非释非道
非基督的泪
从汉语的眼角滴落！

居　原

滚动的石头不生苔
——乡关何处
故园戾气如霾

怕了，这个秋天
我怕种下的龙种
再次变为跳蚤
垃圾式的轮回
将初心葬埋！

就这样吧：兄弟
你去追随时代
留下我打扫
旧日的亭台

居原抱朴
直到青苔慢慢长出

根　让

只有根让出了一切！

火树银花
多少繁华堪夸？
唯有你，向黑暗
与孤寂的更深处
盘屈而求——
祖传的血脉
和另一种存活

——少小开悟
老来便愈发倔犟了
倒也少了些
春华秋实的轮回
转基因的纠结……

人生几清明
东篱一株雪

涅　槃

天空收留了一切
是为“大气”

且保持沉默
任由人子在地球
上蹿下跳
扯东拉西

土地收留了一切
是为“大地”

且保留一点
提醒的权力
时而咳嗽两声
或叹一口气

其实外星人
也常常路过这里
只是懒得搭理
“高级动物”的自诩

天地雅正
人间大气

至　一

已是不说乃最好的说的季节

——无惑
——无知
——无语

回到唯一的此在自我
回到唯一的此生自我
回到唯一的此寂自我

悬崖边的禅坐
抑或
深海之微笑

至一无痕……

辑　四

干净，飘逸，却又充盈着世间的爱意。汉语可以如此澄澈。汉语诗也可以在翻译体的曲折之外，另创一种简劲的体格。

——姚　丹

像是在“荒原”上，风吹过一株青绿的草，风格含蓄而细腻，带着唯美的意志和自由的表达，切入我们存在的内核。

——虹　影

以现代人的眼光，去寻找那些在橡皮擦痕下的、有着永恒意境之美的古典言语的影子，并让那些相互漠视和对立的文言与现代汉语，在现代语感与形式的转换中，获得新的生命。

——孙金燕

暗　香

雪拥群山壮
雁引残云飞

如梦古意，邀你
去有或没有的
梅下，站了一会儿

只是站了一会儿
听：心中冻土
流出一江春水

晚　钟

没有比现在更暧昧的时刻

——霍然立定
你微笑并沉默

几抹残阳
自远山的云隙
破身而出

悟或不悟？

一月独明
天心回家

杯　影

薄暮月初升
能饮一杯否

尴尬在于——
无论人事还是季节
都不会因你
心情的变化
改变它们的流程

杯空
影空

除了和虚构中的
两只乌鸦
愣了一会儿神
天按时黑了

孤　云

孤云如佛
独立晴空

孤云不语
也　无雨

雨在心里
语在山溪

其实孤云不孤
孤独的只是

那片再无其他
云彩的……天空

别　梦

梦田春早

早于鸭
早于梅
早于繁华过后
人世的追悔……

相信了一切
也便遭遇了一切
生来自由
而永不设防的
灵魂啊——
收获的只是
破碎的高贵

却问梦归何处?
一地鸡毛
满天星辉

烟　视

天生高贵者
无从伤害
谁能伤害一片云彩？

因纯粹而素宁
而优雅，而经由
凝视的透明
减轻命运的重负

无序
无核

如前世今生的彩排

幕启
幕落

微笑已在
千里之外

放　闲

的事闲放
衣袖自然香
莫念秋风为何凉

——了然“人物”
比之“天物”
总少不了那点
无奈的恓惶

而假若，狗
不再玩“撵兔子”的
现代游戏，狗自在
兔子也安详

知常而明
尽日无梦
远山独苍茫

始　信

繁华一半执于身
寂寞一半执于心

半个月亮升起来
云淡　风细　人清

今生的骄傲与荒寒
说与谁听?

而或许：繁华
是寂寞的容器

寂寞是繁华的月
——月落有声!

暮　春

人间四月芳菲尽

……最初的台词
风格渐失，只剩下
演出的习惯

你不知道：是否
还需要为残余的留恋
找回初稿中的修辞
只是发现：当
舞台的灯光
愈发明亮时
你的心却更暗了

——也更习惯于
在郁积的阴影里
寻找空洞的温存

桃花

人面

夜雨两不知

香　君

把春天做过的
梦，在秋天
再做一遍

互为镜像的投影
有静电触人！

云深不知处
天怜芳草
君子自香

冷 梅

对寒冷的敏感
早已深入骨髓
——不能再等啊

火焰之英
初雪之魂
一花一个拼命

……叶、落红
以及沉默的根
都是后来的事了

叶　泥

绿意阑珊
秋的掌纹
斑斓如蝶

生命原本是一次借住
——种子感恩的
永远只是土地

曾经青春不还家
夕阳黄昏
却化春泥待护花

神的法度
西风残照
高天厚土

深　柳

深刻还是留给腊梅好了

你只想拥有
一怀如云的绿寂
和宁静的窈窕

美目顾盼——
从丝绸的黎明
到棉布的黄昏
然后美目空茫

然后留一点小小的
疼，在夜的心上
在时间的某个裂隙
被记起或者被遗忘

白云淡定
落花安详

桃　夭

命中注定
你是古典的先锋

懵懵懂懂
癫狂了半个早春

——业身自现
真魂儿却去了一边

唉！容颜是无常的
你偷读过人间情书无数

艾　风

苦苦的　静

等五月端阳
陪那个叫“屈子”的诗人
做几天“门神”

礼失求诸于野？

也曾少可入药
典名“茵陈”
清肝，明目，滋阴

老亦可入诗
再老便只是禅了
无须打坐　只是

静静的　苦

菊　生

剩山薄暮
有菊生焉

低，低到尘埃里去
再从尘埃开出花来
——这赎身的轮回啊
依旧世家风致
清流做派……

薄暮：开花就好
剩山：有菊就好
至于傲霜傲雪的事
便留给梅表姐是了

水　仙

依水而吟
抱石明志
澡雪洗心

慢慢洗，不急
老祖宗传下来的
君子风度
淑女气息
被你悄然洗出
素面朝天的清丽
淹留弥散

散至花非花水非水
石也非石时
听居室主人自语——
至诗隐修
大德无胜

……窗外柳烟

报晚春消息

宽　唐

老瓜无须敲
——早熟了

家雀无须叫
——自己到

好花无须采
——画上有

心香无须烧
——风知道

知道
知道

猫打呼噜
斜阳话庄骚

芬　芳

春风在花蕾上敲鼓
阳光版的发音：芬芳

邻街女孩，锁骨明媚
走过历史博物馆
撒下一路唐朝版的笑声：芬芳

芬芳
芬芳

花枝延颈
美人秀项
一夜游子尽望乡

女　书

“女”死了
人　还活着

大写的“人”也死了
性　还活着

“性”死了
命　还活着

浮世的“命”也死了
云　还活着——

一枕黄粱
千载白云
虚无啃了脚后跟！

——春尽也

且清凉中做梦

无关风月……

澡　雪

涅槃与虚无
以及同流合污

——初雪之痛楚！

那伤口因你而活
还是你自愿
活在伤痕累累中？

——蚁行或颠饮

静夜聆天籁
清越又徘徊

古　早

古是古典
早是早先

错过古典
便是错过
黎明的呼吸

想起早先
便觉衣袖飘动
暗香梅花消息

说来陈词滥调
肚过一地鸡毛

发　濛

夕阳无限好
好在黄昏
上帝的安排有点萌

三杯茶
半句诗
两笔丹青

……暮色里
你的身影共秋水长天
潦潦草草松松

恰一字如书——濛!

辑 五

在新古典诗写的艺苑里，一枝独秀。禅思运作下的字、词，如搭玄机，将弹性与张力婉转得不尽寻绎，出落为现代诗难得的新品、上品。

——陈仲义

非常有意思，非常有想法，也非常特别，它简直是再造了一个文本，其意义不仅是实验，而是预示着丰富的可能性之一种。

——柏 桦

《天生丽质》体现的独特性、前驱性，尤其是在古代诗学精神与现代意识的融合方面，做出了可贵的尝试。由此为当代汉语诗歌的新探索提供了一种新的对策，即反观汉语字词思维后的诗歌实验，有完全不同的、重要的艺术特点。

——吴思敬

月　义

是怎样的月光
喂饱了你的想象
准备去做一个
可以抚摸的梦

……早晨的忧伤
来路不明
与破碎的风无关
与想象的月亮
和月亮的想象无关

唯几滴雨声在问
谁是清醒过的人？

初　雪

雪落下就得认领
到乡随俗的命——

纯洁是来世的许诺
轻盈是前生的幻影

偶尔还记得……记得
那一瞬间冷艳的燃烧
只是从来不喊痛！

素　秋

你说：做个好梦吧

梦浪漫的花
梦甜蜜的果
可我早已错过了
那样的季节

没有梦，我
只是真实地想着你
像秋天的树
想着春天的雨

你说：那就只长叶子吧
我的心一下就绿了

微　醺

谁给了你这样的勇气
将一坛尘封的老酒
轻易地开启

以美丽为杯
邀烟雨作陪
再找来一个诗的理由：无题

只是不知道
等你真的醉了
我该如何将你扶起

或者当酒杯空了的时候
不必追问：酿酒的人
去了哪里……

怀　沙

火焰包裹着火焰
水包裹着水

我以整个的灵魂
包裹着你
醉还是不醉?

……火锅的至味是
饕餮之后再就清冷的月光
独饮一杯

思美人迟暮
品江山暧昧

雨　鸽

亮翅试飞时
偏是风雨天气

就此把青春交了出去
获取一种被抛弃的自由
不再保留回身的余地

侧影如矢
将年少的漂泊
推向极致——

诗一般脆弱
云一般亮丽

含　羞

无羞可含的季节
多少生命
张扬成一片废墟……

而因了那最后的
洁癖，那一脉
潜隐在血液源头的
羞涩与信任
你被你自己
深深地伤害了

——孩子不哭！

秋　千

没人荡的空秋千
最是让人伤感

那乘着春风飞升的
有我年少的心事
和青涩裸呈的雀斑

从雀斑到老年斑
哪一只钟拨错了时间
哪一片云飘过眼瞳
腐蚀了视网膜，复明时
清晨已转为傍晚……

而秋千闲着
闲着的空秋千
最是让人伤感

烟　鹂

烟是烟雨
鹂是黄鹂

不是读张爱玲的小说
早忘了人世间
还有这样的丽辞

南朝四百八十寺
多少楼台烟雨

楼台早没了
鹂便不知去了哪里
连炊烟也变味了
雨是酸雨！

只留下这失忆的词
让人失意……

彷　徨

在城市失去自己
在荒原寻找自己

人群的深处
是人的消失

自然的深处
是自然的荒废

两个深处
两重孤独

两处彷徨
两种寂寞

两种不知所措中
苦无葬心之地

宿　命

一生　都在
反方向行走

将真正的向往
变成远方

背影越拉越长
有如虚构的翅膀

天空依然年轻
老去的是飞翔

多想回头再来
无奈暮色苍茫

嘘！别给我提示
地球是圆的……

鸽　灰

燃尽了一天的光明
向晚的薄暮是灰色的

燃尽了一生的激情
向晚的壮心是灰色的

鸽灰色的衬领下
谁的容颜一夜憔悴？

寓言的空巢里：唯余
一羽年少的心亮着

桑　释

桑或殇：前世之约
生发一段华章……

性感如佛
温润如禅
丝绸的灵魂
通体烂漫

桑者泄泄
行与子逝
时光的茶渍
留记忆筑梦

落花飘旅衣
归流淡清风
——静静老去
独自数闲云

青　檀

你发齿的春光
刚住进我心里
就秋天了——

青檀青青
秋水苍苍

曾经沧海以及荒唐
一夜化为纸浆
抑或化蝶之必要

——缺你的夏
冬日、案头、纸上
再细细还你……好吗？

若　忘

就这样渐渐淡了
淡淡沉在心底

所谓知己与荣誉
不过一抹流云的
优雅和虚

如果所有行程
都有尽头，偕行
或远念，意义何许？

杯酒独饮
品端阳艾风
影瘦香素……

木　心

杜鹃枝上，蝴蝶梦中
要执着多久方能悟空

植物的格言按季节生成
木质的纹理酝酿青铜之韵

最终，只有你自己的肉身
温暖了你自己的灵魂

也只有你自己的灵魂
最终温暖了你自己的肉身

……一冬未下的雪
昨夜落下，寂寂无声

原　粹

从芬芳到感伤
——一步蹉跎
便已是秋水长天

爱或许不是谎言
唯当下之狂欢总难抵
心底的荒凉瞬间深寒

只有：天空与太阳
以及自由的灵魂
永远无所俯就原粹粲然

……还有诗心的烂漫
以及孩子眼中：那一抹
兴致勃勃而没有名目的蓝！

清　脉

一隅梦醒
又是发呆时刻

——不思考
免得复制粘贴
——不动情
免得郁闷纠结

清空而后保留
纯粹的疲倦
纯粹的劳作
以及必要的冷漠

唯乡愁残梦依旧
柔桑青青
纤云漠漠

——母亲在天上看我

黑　泽

暮色更重了
黑……则明

从深寒之境走出的人啊
跨过那条河
你就是你自己了！

只有胆结石
还在顽固地提醒——
圆寂有待时日

空山夕照
木心落英

抱　朴

不是“嘘”的一声
也不是“轰”的一声

只一句——
云破月来花弄影
人间百媚
皆成枉然幻形

还债的还债
了情的了情
花红易衰似郎意
水流无限似侬愁

林风有仪
云水无痕

天　机

上帝漏下一把钥匙
人类将它做成手机
——然后上帝死了！

留下尚未转基因的
老橡树，依然如故
用手语招呼星星
谈天、论地、抒情

或偶尔，和脚下的蚂蚁
议论一下万物之灵长
可能的结局，并模仿
早先人类的窃窃私语——

我有个秘密
可我不告诉你！

非　悟

那个真实的世界
离我们很远很远

你累了，可你不能
转身，于是你消失

而幻想依然存在
当天很蓝云朵很白

是海凝固了贝壳
还是贝壳凝固了海

……没有故事
只有讲故事的人

星　丘

星星也会死吗
死了埋在哪里

那划过天际的
一瞬间的亮丽
可是她生前
设计好的葬礼

却也不失凡意
以山丘为墓地
好让寻梦的女孩
来这词里拜祭

附　录：

《天生丽质》发表刊目

2008年

《创世纪》　2008年春季号总154期，以“小诗近作十首”为题，刊发《天生丽质》之《云心》《岚意》《依草》《小满》《野逸》《琥珀》《雪漱》《上野》《圆梦》《星丘》10首　（张默主编）

《星星》（上半月）　2008年第3期，于“当代诗人”栏目刊发《岚意》《依草》2首　（靳晓静编发）

《诗潮》　2008年第7期刊发《风情》《云心》《野逸》《琥珀》《岚意》《依草》《宿命》7首　（李秀珊主编）

《创世纪》　2008年秋季号总156期刊发《茶渡》《红尘》2首　（张默主编）

《创世纪》　2008年冬季号总157期刊发《青衫》《缘趣》2首　（张默主编）

2009 年

《诗与诗话》 2009 年 5 月，个人中英文对照版《诗与诗话》（杨于军译）首次推出《天生丽质》小集，计《云心》《岚意》《依草》《茶渡》《青衫》《小满》《胭脂》《野逸》《风情》《琥珀》《浅草》《秋白》《归暮》《微醺》《秋意》《缘趣》《禅悦》《开悟》《红尘》《圆梦》《秋瞳》《上野》《岩樱》《虹影》《月义》《柔雪》《静好》《烟鹂》《种月》《星丘》共 30 首 （高大庆主编）

《诗探索 2009 年 第一辑 作品卷》 2009 年第 1 辑（九州出版社 2009 年 6 月版），于“探索与发现”专栏刊发《天生丽质》（选章 20 首），计《云心》《岚意》《依草》《茶渡》《青衫》《小满》《胭脂》《琥珀》《雪漱》《松云》《风情》《暗香》《孤云》《提香》《晚钟》《秋意》《微醺》《秋白》《归暮》《虹影》《野逸》《静好》《缘趣》《禅悦》《红尘》《圆梦》《秋瞳》《上野》《岩樱》《烟鹂》《种月》《星丘》 （林莽、张洪波主编）

《创世纪》 2009 年秋季号总 160 期，刊发《松云》《野蔡》《提香》《孤云》《暗香》5 首 （辛牧编发）

《你见过大海：当代陕西先锋诗选（1978—2008）》（西北大学出版社 2009 年 5 月版），选收《云心》《岚意》《茶渡》《青衫》《小满》《胭脂》《野逸》7 首

《诗选刊》(下半月刊)　2009年第9期，刊发《小满》《琥珀》《云心》《岚意》《依草》《野逸》《归暮》7首　（周公度主编）

《星河·第二辑》（人民文学出版社2009年12月版），刊发《茶渡》《青衫》《小满》《胭脂》《琥珀》《雪漱》《松云》《野葵》《深柳》《听云》《水仙》14首　（骆寒超、黄纪云主编）

2010年

《星星》(上半月刊)　2010年第1期，于“诗评家诗选”专栏刊发《胭脂》《雪漱》《松云》《野葵》《深柳》《听云》6首　（靳晓静编发）

《百年新诗百种解读》(安徽文艺出版社2010年3月版)，选读《胭脂》1首　（陈仲义著）

《钟山文丛·鹰行大地——中国诗评家诗歌集结号》（内蒙古人民出版社2010年4月版），选收《雪义》《云心》《小满》《胭脂》4首　（张嘉谚、祝发能主编）

《诗林》(双月刊)　2010年第2期，“现场”栏目刊发《野葵》《杯影》《晚钟》《鸽灰》《深柳》《水仙》《听云》《彷徨》8首　（荣光启　编发）

《大河》　2010年第3期，“出海口”栏目刊发《云心》《茶渡》《青衫》《小满》《琥珀》《雪漱》《胭脂》《秋白》《大漠》《种月》10首　（高旭旺主编）

《读诗》副刊《诗歌EMS周刊》 2010年10—1总第36期，以《沈奇诗歌快递：天生丽质》为集名，刊发《云心》《岚意》《依草》《茶渡》《青衫》《小满》《胭脂》《琥珀》《风情》《暗香》《孤云》《雪漱》《提香》《雪魂》《野葵》《松云》《秋意》《微醺》《秋白》《归暮》《虹影》《静好》《缘趣》《禅悦》《红尘》《秋瞳》《浮梦》《上野》《岩樱》《烟鹂》《种月》《星丘》32首 （潘洗尘主编）

《山花》（B刊） 2010年第9期，“诗人面对面”专栏刊发《茶渡》《青衫》《小满》《胭脂》《琥珀》《雪漱》《松云》《野葵》《深柳》《听云》《水仙》《秋千》12首 （李寂荡主编）

《钟山》（文学双月刊） 2010年第6期卷首，以《天生丽质》为题刊发《茶渡》《青衫》《小满》《胭脂》《琥珀》《雪漱》《松云》《野葵》《云心》《岚意》《依草》《风情》《暗香》《孤云》《提香》《杯影》《晚钟》《大漠》《听云》《秋意》《微醺》《秋白》《归暮》《虹影》《野逸》《般若》《静好》《缘趣》《禅悦》《灭度》《开悟》《印若》《彷徨》《宿命》《冷月》《雪魂》《红尘》《圆梦》《秋瞳》《浮梦》《秋千》《雨鸽》《上野》《岩樱》《烟鹂》《深柳》《水仙》《种月》《鸽灰》《星丘》50首 （贾梦玮主编）

2011年

《2010年中国诗歌精选》（长江文艺出版社2011年1月版），选收《秋意》1首　（韩作荣编选）

《诗歌与人》　2011年第2期总25期《诗人批评家诗选》，选收《茶渡》《种月》2首　（黄礼孩编选）

《陕西诗选·2001—2010》（陕西师范大学出版总社有限公司2011年6月版），选收《雪魂》《青衫》《小满》3首　（伊沙、黄海编选）

《诗歌月报》　2011年第11期，“隧道”专栏发表《沈奇访谈录》（胡亮／沈奇），同时刊发《天生丽质》选章《云心》《岚意》《依草》《茶渡》《青衫》《小满》《胭脂》《风情》《暗香》《孤云》《杯影》《晚钟》《野葵》13首　（兰坡编发）

《作家》文学月刊　2011年第11期，刊发《天生丽质》新作选章《烟视》《含羞》《太虚》《微妙》《悉昙》《如焉》《别梦》《怀素》8首　（宗仁发主编）

《秦岭》文学季刊　2011年秋之卷总第15期，刊发《天生丽质》新作选章《烟视》《含羞》《太虚》《微妙》《悉昙》《如焉》《别梦》《怀素》《始信》《桃夭》《放闲》《羽梵》12首　（邢小利主编）

2012年

《诗潮》　2012年第9期，以《天生丽质》（组诗）为题，

刊发《始信》《桃夭》《放闲》《叶泥》《香君》《羽梵》《宿命》6首　（李秀珊主编）

《读诗》副刊《诗歌EMS周刊》　2012年10—1总第165期，以《沈奇诗歌快递：天生丽质》为集名，刊发《大漠》《听云》《微妙》《怀素》《晚钟》《孤云》《杯影》《香君》《别梦》《烟视》《放闲》《始信》《桃夭》《叶泥》《冷梅》《艾风》《光阴》《灭度》《太虚》《悉昙》《如焉》《羽梵》《深柳》《水仙》《雨鸽》《含羞》《秋千》《彷徨》《鸽灰》《非悟》30首　（潘洗尘主编）

2013年

《诗选刊》（下半月刊）　2013年第3期，“沈奇的疆域”专栏中刊发代表诗作四首，其中包括《胭脂》《茶渡》2首　（张洪波主编）

《扬子江诗刊》　2013年第4期总第85期，“评论家的诗”栏目刊发《天生丽质》组诗《烟视》《太虚》《微妙》《如焉》《怀素》《始信》6首　（子川主编）

2014年

《作家》　2014年第4期，刊发《天生丽质》新作《桃夭》《冷梅》《桑释》《光阴》《艾风》《居原》《散怀》《本康》《天祝》《让度》《朗逸》11首　（宗仁发主编）

《世界现代禅诗选》（上海社会科学院出版社 2014 年 6 月版），选收《种月》《太虚》2 首　（南北主编）

《小诗·随身帖》（台湾创世纪诗社 2014 年版），选收《茶渡》1 首　（张默编著）

2015 年

《西部》　2015 年第 3 期，"西部中国诗歌联展（五）"专辑中刊发各时期代表诗作 18 首，其中包括《天生丽质》选章《茶渡》《胭脂》《静好》《大漠》《朗逸》《宿命》《居原》《木心》《菩提》9 首　（沈苇主编）

《现代爱情诗歌百年精选集》（江苏凤凰文艺出版社 2015 年版），选收《秋意》1 首　（黄梵主编）

2016 年

《钟山》（文学双月刊）　2016 年第 1 期，以"《天生丽质》新作十六首"为题，刊发《秋洗》《古道》《高原》《宽唐》《风流》《怀沙》《青檀》《原粹》《木心》《清脉》《尔后》《出魔》《菩提》《菊生》《睡莲》《非悟》16 首　（贾梦玮主编）

《西湖》（文学月刊）　2016 年第 10 期，以"沈奇的诗"为题，刊发《天生丽质》新作选章《清脉》《菩提》《出魔》《尔后》《居原》《菊生》《佛子》《彷徨》《光阴》《黑泽》《木心》11 首　（吴玄主编）

《审视 The Writer》民间诗刊 2016年卷“润声”栏目，刊发《天生丽质》选章《云心》《茶渡》《雪漱》《青衫》《小满》《胭脂》《琥珀》《朗逸》《静好》《缘趣》《野逸》《灭度》《光阴》《禅悦》《羽梵》《本康》《菩提》《睡莲》《大漠》《野葵》《秋白》《松月》《听云》《微妙》《种月》《风流》《出魔》《居原》《晚钟》《杯影》《若忘》《水仙》《别梦》《放闲》《冷梅》《叶泥》《深柳》《艾风》《烟视》《月义》《素秋》《微醺》《秋千》《怀沙》《柔雪》《彷徨》《孤云》《始信》《青檀》《木心》50首 （云飞扬、董啸主编）

《诗与思想》（日文版） 第三卷第365号，“中国现代诗特集”专栏刊发汉学家佐佐木久春翻译的“沈奇诗抄”6首，包括《天生丽质》的《清脉》《初雪》《云心》3首

2018年

《中西诗歌》 2018年第1期总第68期，刊发《天生丽质》新作《芬芳》《仿宋》《拈花》《格义》《古早》《菊生》《佛子》《抱朴》《女书》《发濛》《如故》《子曰》12首 （黄礼孩主编）

《山花》 2018年第5期，刊发《芬芳》《格义》《古早》《清脉》《女书》《抱朴》《发濛》《如故》8首 （李寂荡主编）

《灯：星河2018年夏季卷》（人民文学出版社2018年9月版），刊出《天生丽质》新作《秋洗》《古道》《宽唐》

《风流》《怀沙》《木心》《清脉》《非悟》8 首　（骆寒超、黄纪云主编）

《汉语地域诗歌年鉴·2017 年卷》（东方出版中心 2018 年 8 月版）选收《清脉》1 首　（马永波、王霆章主编）

【以上不完全统计发表近 500 首（次）】

我写《天生丽质》（代后记）

——兼谈新诗语言问题

沈　奇

一

追随当代中国先锋诗歌理论、批评与创作三十多年，近年却返身完全与“先锋”无关，甚至还有点“开倒车”嫌疑的《天生丽质》实验诗之写作探求，此举之下，无疑已将自己置于一种与当代主流诗歌发展相悖，也与此前“诗歌身份”相悖的境地。

这就先要说到有关诗歌批评与诗歌写作“双栖者”的相关话题。

仅就当代诗人诗评家群体而言，应该说，绝大多数的批评立场及诗学主张，与其写作立场及创作理论，是大体一致的，亦即是一体两面的存在状态。而我个人的诗歌写作，与我所投身其间的先锋诗歌理论与批评的走向并非完全同步，时有游离。

一方面，与“先锋”为伍，为之鼓与呼，于我来说，大体出于一种基于人文精神及历史成因的担当与责任，如我在《沈奇诗学论集》（中国社会科学出版社2013年版）“后记”中所言：“只是在命运的驱使下，对当代中国诗歌，说了一些该我说或者我该说的话而已。”包括对海内外诸多诗人诗作的研究，也多是顺着文本谈感想的即兴文章，一种借题发挥而非价值判断的写作样式。另一方面，潜心纯诗学思考时，以及在近年的诗歌写作时，我又一直在暗自“钻牛角尖”，逐步梳理和建构并非“先锋”的诗学理论，并于不断反思中，寻求对新诗由来已久的一些根本问题的破解可能，以求于新诗文体的探求及典律的生成，多少有所裨益或启示。

一句话，脱身“势”的裹挟，潜心“道”的求索，以图再生——这其实才是我真正内在的诗歌精神取向，只是多年“人在江湖身不由己”，一再难得返身，近年方渐得跳脱，加之心境的渐趋沉静，自然而然走到这一步。

这是心理机制方面的“返身”，下面再说具体创作的“返身”。

我断断续续四十多年的诗歌写作，大体而言，可说是一种随缘就遇式的即兴记录，较少有确切方向和目的性；或者说，一直处于一种“业余状态”，不乏真情实感及写作经验，却一直疏于语言形式独成一家的创生，所谓“言之有物”切切而“物外之言”泛泛（这也是普泛新诗写作的一个通病）。直到“天生丽质”的“不期而遇”，这才多少找到了一点“实现自我”也不乏诗学探求的感觉。

正如我在《天生丽质》的创作笔记中所言：“半生追随现代汉诗发展历程，亦步亦趋、如履薄冰而虔敬有加。近年忽而反思，实验《天生丽质》写作，小有所得：内化现代，外师古典，汲古润今，通合中西，重构传统，以求在现代汉语语境下，找回一点汉语诗性的根性之美——或可为只顾造势赶路的新诗之众提个醒。”

由此可以说，《天生丽质》既是作为“过气诗人”一次“回光返照”式的自然生成，也是作为诗评人诗学思考中的一次特别实践；或者说，是我在忘却“诗评家”身份，返身本真诗性生命意识和诗歌美学趣味后，一次不期而遇的“诗美邂逅”。至于是否与“主流”或“身份”相悖，写作时全无所虑，但作品的整体风格出来后，确实感到和自己过去“被认定”的形象有些相悖，不过不仅没有觉着尴尬，反而有一种特别的欣慰。尤其是关于新诗语言问题的多年思考，可以说，在《天生丽质》的写作中，终于有了一点自证其明的小小成就感。

幸运的是，尽管这批诗作与当下诗歌主流大相径庭，却得到出乎意料的垂青，乃至有刊物主编打电话明确表示发过的也可以再发。是以仅六七十首的《天生丽质》诗作（至结集扩展至113首），连同重复发表和选载选收等各种形式在内，至今已刊载近500首（次）。其中，以发表小说为重的大型文学双月刊《钟山》，不惜版面，在2010年第6期上，在卷首位置，一次性整体全貌推出《天生丽质》50首，真是空前之举。而让我深受感动和欣慰的是，我与《钟山》主编贾梦玮此前仅在应邀作其主持的评选新时期文学三十年“十大诗人（1979—2009）”评委时，通过两次电子邮件，后于南京一次会议中见过一面，回西安发电子邮件礼节性问候时，顺便附了刚修订的《天生丽质》50首，谨作交流，没想到他很快回信要全部刊出，当时简直都不敢相信！

《天生丽质》的发表过程，是我个人诗歌发表史上所获得的一次“特别礼遇”，大概在当代诗坛，也是一个较为特别的“发表事件”。想来，除了编发这些作品的编辑不约而同的“错爱”之外，这些从语言到内涵都迥异于当下主流诗歌以及普泛诗歌的系列作品，或许不经意间，触及到了当代汉语诗歌所欠缺的某些美学取向，而被留意或偏爱。

同时，在纸质媒体陆续发表前后，也一直通过电子邮件的形式，与诗界同道和文学艺术界朋友交流求教，得到不少激赏和鼓励，包括诸多小说家、书画家、美术评论家等诗界外友人的垂青与认同，让我颇有“吾道不孤”的安慰。

二

《天生丽质》的写作，无论就我个人诗歌创作历程而言，还是从当代主流诗歌发展趋向来说，都更像是一次“横逸旁出”式的试错性写作。其要旨，在于对现代汉语诗歌美学一种可能性的探求而非示范。

坦白地讲，仅就基本语感而言，我是将《天生丽质》以相当于古典诗歌中“词”或“散曲”的感觉来写的，尤其是在字词、韵律、节奏和诗体造型诸方面，不过换了现代汉语的语式，并杂糅意象、事象、叙事、口语、文言等元素，及现代诗中诸如互文、拼贴、嵌插、跨跳、戏剧性等手法，一边汲古润今，一边内化现代，寻求一种真正能融中西诗性的语言理路与形式理路，以避免新诗一直以来存在的同质仿写、有“道”无“味”的弊病。

这点“心机”的萌生，最初来自《茶渡》一诗的写作。

此诗初始只有题目“茶渡”二字跃然于心，但当时就惊喜地发现，仅此二字，便已构成一个元一自丰的完整意象，及所衍生的诗意内涵和诗性联想空间，包括能指与所指，都几近“元诗”的境地。这，便是汉字和汉语“天生丽质”的“诗性基因”之所在：字与字、词与词偶然碰撞到一起，便有风云际会般的形意裂变，跳脱旧有的、符号化了的所指，而生发新的能指，新的命名效应及新的语感形式。遂“顺藤摸瓜”，由字而词、而句、而篇，于一个多月后完成全诗——

野渡
无人
舟自横

……那人兀自涉水而去

身后的长亭
尚留
一缕茶烟

微温

可以看出，此诗的完成，实际上是顺着诗题“茶渡”这一形质并茂的诗性语词所展开的一种相互阐释和对话的衍生过程。具体说，是字词之思在先，而后逗引、延拓、聚合与此字词相关联的句构与篇构，其发生机制与此前的写作经验完全不同。写时无意，诗成后方发现此中“别有洞天”，随之又顺此路数写了《岚意》《依草》《青衫》《小满》《星丘》《胭脂》等诗，并渐渐从理论上有了明晰的认识，总结出后来的基本创作理念：

> 《天生丽质》是基于“古典理想之现代重构”的理念，及反顾汉语字词思维的一次诗歌文本实验：实验要求每首诗的题目本身就是“诗的”，或与汉语诗性“命名”（包括成语）及诗性记忆（包括格言警句）有关的，并与诗作内容及创作思路形成或先（命题）或后（破题）而几近天成的互动关系。通过这样一种内化现代、外师古典、融会中西的诗歌语言实验，重新认领汉语诗性之天生丽质的“指纹”，和现代诗性生命意识的别样轨迹，进而开启生存体验、历史经验及文化记忆的深层链接。

这一理念的关键，在于对一直以来过于信任和单纯依赖现代汉语的新诗写作所长期形成的通用语言机制的翻转。当然，理念是一回事，经由创作实践到底实现了多少是另一回事。是以我一再强调,《天生丽质》的写作只是一种实验性的开启，其价值认定与充分实现尚有待时日，但其中引发的思考还是可以说清楚的。

三

新诗是移洋开新的产物，且百年来一直张扬着不断革命的态势，至今没有一个基本稳定的诗美元素体系，及大体可通约的写作形式规则，只讲自由，不讲节制，变数太多而任运不拘。虽然，在新诗一路走来的各个阶段，从创作到理论，始终没忘记强调“两源潜沉”，但实际的情况却总是偏重西方一源，或者说，是由翻译诗歌主导的发展模式。

我们知道，现代汉语虽沿用汉字，但其组织结构却套用西方文法、语法改造而成，从而或多或少“转基因”式地改变了汉语本源性的运思机制。汉语是世界上现存的唯一保留文字与语言双重元素之合成机制的特殊语言。汉字一字一世界，以形会形，意会而后言传，传也是传个大概，惚兮恍兮，恍兮惚兮，是历史经验与个体生命体验的活的生命体。故汉字运思，具有不可穷尽的随机性、随意性、随心性、随缘性：字与字“胡碰乱撞”，常常能“撞”出诗意“碰”出隐喻，因而对万物之道的“识”（感知）与“解”（表意），也多是“意会”为要，直觉感悟，混沌把握，不依赖于理性认识，以及逻辑结构的链接，即所谓“诗意运思”（李泽厚语）。

从发生学上讲，古典汉语诗歌及文章，大体而言，是以文字组织语言，语言跟着文字走，所谓胸无篇构，而字词逗引成句成篇。新诗则刚好相反，是以语言组织文字，文字跟着语言走，语言跟着构思走，这就从根本上动摇或削弱了汉语诗性的发生机制。

诗由语言之体和精神之魂合成生命。写诗即是由诗人之生命体验与语言体验、生存经验与写作经验的有机融合，而至文本化的过程。诗的发生，起于诗兴。古诗兴发，多以心动（缘情言志）而发为“词动”，落于文本，由字构而词构，而句构，而篇构，相生相济之“逗引”下，生妙意，成奇境，发为新的生命，所谓 “语不惊人死不休”；新诗起兴，多以“心”动为止（且是已被“现代汉语化”了的“心”），由情感而观念而主题，落于具体写作，则重篇构、重意义，少佳句、弱意境，脸大眼小，话多神少。这是语言层面的比较。

再就精神层面来看，新诗以“启蒙”为己任，其整体视角，长期以来是以代言人之主体向外看的，可谓一个单向度的小传统。其实人（个人以及族群）不论在任何时代任何地缘，都存在不以外在为转移的本苦本乐、本忧本喜、本空本惑，所谓“远愁”（相对于“近苦”而言），这是诗歌及一切艺术的发生学之本根：所谓“与尔同销万古愁”（李白《将进酒》）；所谓“念天地之悠悠，独怆然而涕下”（陈子昂《登幽州台歌》）；所谓“江畔何人初见月？江月何年初照人？人生代代无穷已，江月年年望相似”（张若虚《春江花月夜》）。再上溯屈原的苍茫高倬，魏晋的清旷高古，皆在于其诗情、诗感、诗意之深心，既有近苦，又有远愁。不是一地一时之愁，是万古愁。这是汉语诗歌的一个大传统，一个向内看的大传统。

何况，近现代以降，几乎所有的言说（包括隆盛至今的西方科学哲学话语），都在忙于为世界寻找新的标准答案，以便调整方向寻求新的与时俱进，以销时代愁。唯诗人背尘合觉，在时代的背面，为世界寻找标准答案之外的感知与表意，以销万古愁！——此乃诗的现代性或所谓现代诗的真正筑基之处。

新诗百年，基本走的是舍大传统而热衷小传统的路径，是以只活在所谓的“时代精神”中，一旦“时过境迁”，包括“心境”和“语境”之迁，大多数作品即黯然失色，不复存在。这是新诗至今没有解决好的一个根本问题。

语言是存在的家，所有有关“文化身份”“文化乡愁”“精神家园”之类所谓“现代性”的问题，其实都是语言的问题。而人与语言的遭遇又是“被给定”的，确实难以返身他顾。但语言毕竟不是铁板一块，而是一个不断变化和生成发展中的活的生命体。有如我们人的生命历程，有先天“基因编码”规定性所限，也有后天“养以移性”创造性所变。诗及一切文学艺术的终极价值，正是在语言的规定性和发展性之间，起着保养、更新、去蔽、增殖而重新改写世界的作用。

由此，我们可以给诗下这样一个定义：诗是经由对语言的改写而改写世界，或者改写我们同世界的关系的一次语言历险与思想历险。

于此更须明确的是，在全球一体化的今天，何为“汉语的”存在之家？我认为，必须要包含并重新确认“汉字”这个“家神”的存在，才足以真正安妥我们的诗心、诗情及文化之魂。而这个“家神”，自现代汉语以来，尤其在新诗中，实在与我们疏远太久了。

故而回头来看，新诗既是一个伟大的发明，也是一个粗糙的发明——近100年间，新诗在社会价值、思想价值、生命价值、新的美学价值等方面，都不乏特殊而重要的贡献，唯独在语言价值方面乏善可陈。

换句话说，新诗百年的主要功用，在于经由现代意识的诗性（其实大多仅具“诗形”）传播，为现代中国人的思想解放，开辟了一条新的道路。但，解放不等于再生，真正的再生，还得回到语言层面做更深的探求。实际的情况我们也可以看到：有关历史的反思、思想的纠结、真理的求索、现实的关切、良知的呼唤等等，在新诗的发展历程中并不缺乏，且一直是其精魂所在，甚至可以说无所不在，但何以在国民教化与人文修养方面收效甚微，乃至即或有问题，也反而常常要去古典诗歌中找答案找慰藉，或时而产生一些“直言取道”的精神感召和思想震动，却也与世道人心的根本改变无多大作用。

同时还应该看到，新诗起源，本质上是一次仿生而非自生——西学为体，当下为是；人学大于诗学，观念胜于诗质；每重“直言取道”，疏于“曲意洗心”。如此，一路移步换形、居无定所，而致汉语诗性的本质特性渐趋式微，所谓“转基因”。中国近百年的文学发展，其最大的偏失，也正在于对汉语诗性的本质性偏离：所谓中华文明的根本，所谓“汉唐精神”，所谓“魏晋风骨”，所谓“古典文心”，说到底是诗性生命意识的高扬，而这个根本与精神得以孕育与生长的基因，在于汉语的诗性本质！

世界是原在的，从个体到整体，人类的一些基本问题，其实是一直存在且不可能完全解决的，否则岂非“历史的终结与最后的人”（借用弗朗西斯·福山语）？因此，是人类对世界的体验与表达这种体验的说法，构成了人类的文明史和文化史，而不是由说了些什么所决定的——就此而言，语言及文字之于文体，无异于一种“物种意义”而至关重要。

由此可见，近百年汉语诗性的不断被消解，才是我们今天所面临的诸种问题的根本症结所在。诚然，现代中国人已经被现代汉语所造就，再也难以重握“那只唐代的手”（诗人柏桦语），但身处现今时代语境下，在现代性的要求与传统“诗意运思”的传承与发扬之间，能否寻找一些相切点，以提供新的语言体验与生命体验之表现的可能性，以再造一个与我们文化本源相契合的精神家园呢？

四

由“启蒙”而“宣传”而“运动”而“时尚”，新诗百年，和随其开启的整个新文学一起，从发生到发展，一直是被“借道而行”的一种运行轨迹（连“新诗”的命名都难免意识形态化）。这样的一种“轨迹”，在现代汉语小说和散文的发展过程中，因其文体属性所致，还时有游离或跳脱，唯有新诗是愈演愈烈。

百年新诗发展历程，回首检视，多是以“道”（“启蒙”“宣传”“运动”“时尚”等外在之道）求“势”，“势”成则“道”（诗之道）灭；而其“势”，也并非顺理成章、水到渠成之势，大多是出于功利（尽管也不乏我称之为的“史的功利”）而造出来的——“时势造英雄”，“英雄”再造新的时势，“形势逼人”，后来者再跟着“顺势而为”——如此循环往复，唯势昌焉，而诗之道（本源、本体、本质、本在）则无以定所，只剩下分行之外形可依，内里早已耗尽了。或也形成了一个小小的传统，却又因其飘移不定而终非长久之计。

这里的关键是“自性”的丧失，包括诗人主体自性的丧失和诗歌本体自性的丧失。

诗及一切文学艺术之“自性”的丧失，必然导致反“道”为“器”，君子转为小人，诗人转为“时人”，或可玩点诗的技巧或鼓噪点诗的运动、诗的虚荣，而诗心早已失矣——话语盛宴的背后，是人文价值的虚位和主体精神的无所适从。是以，我们才一直为各种运动所裹挟，为诗之外的各种形势所绑架，以至形成“运动情结”，倾心于表面的热闹，只活在当下，活在自以为是、自我膨胀、自娱自乐的“诗歌共同体”和“虚构的荣誉”中，对真正有益于诗歌发展的探讨和研究无法深入，进而导致“类诗”泛滥而真诗寥寥。

借用鲁迅先生的话说，可谓“本根剥丧”而“神气彷徨”。

实际上，百年新诗发展中，一直起重要影响和制约性作用的，有两个基本方面：一是文化形态，一是心理机制，包括对创作和研究两方面的影响。也就是说，新诗在其发展中不断出现的各种问题，有其先天性的内部因素，但更多的是后天的、外部的一些东西在起作用。前者尚可在发展中自我调节，后者则常常不易纠正。换句话说，新诗的语言问题，既是先天仿生性之内在发生机制遗传所致，也是后天功利性之外在发生机制影响所致。

其实，对这一问题的认识，一直以来，大家基本上都是明确的，只是新诗似乎太年轻，有太多的青春元素、激情力量和现实要求蓄势待发，难以在"道"的层面潜沉以求，只能随时代变化而潮起潮落。但与此同时，也为那些真正优秀的诗人和真正优秀的诗歌写作，提供"反常合道"以求本体显明和自性所在的空间，有志者自会上下求索而潜行修远。

诗，是在语言的历史中写作，而非在历史的语言中写作。

新诗因其年轻，并因其外部激素的促迫，而不断发展与跃升，一再显示并很快形成了"自由、敏锐、活力、有效"（诗人诗评家陈超语）的精神传统，以致达到今天这样空前活跃和繁盛的景象。但所有这些"有效"，都只是在一个短暂的历史语境中展开，并主要作用于思想层面和精神层面，若是将景深推远些去看，尤其从语言的历史维度去看，其有效性就另当别论了。表面看去，当代诗歌写法各异而千姿百态，其实是无数诗人在写大体一样的诗，整体同质而内在困乏，一种泡沫化的量的簇拥与活跃，所谓习为广大而难成精微。

为此，我在“内化现代”的前提下，提出“汲古润今”或可称之“外师古典”的理念，实在是想为自由放任的新诗写作在语言层面和形式层面找一点约束，亦即在自由与约束的辨证中，寻找新的形式建构与语言张力。而这样的约束，就汉语而言，也只能从语言的历史中上溯古典诗歌，探寻现代诗语与古典诗语“同源基因”的所在。其实放长远去看，百年新诗再往前走，到底还能走多远，拓展多大格局，恐怕很大程度上将取决于是否能自觉地把新诗移洋开新，接引于汉语的历史传统之源头活水，以求袭古弥新而重构传统。

再从接受美学来说。当代中国社会转型，“集体的人”转为“个人的人”，“大写的人”转为“碎片化的人”，所谓新文学之社会性的“启蒙”与“疗救”作用，大体也随之降解，而如何作用于个人修养与公民教养的问题，则上升为第一义的要旨。具体到诗歌的存在，所谓“诗教”，到底是重“言志”（所谓“直言取道”“直击人心”“要为真理而斗争”等等），还是重“洗心”“修心”，化“教育”为“润育”，以去现代化之“戾气”，大概也是该重新考虑的时候了。

长期以来，我们似乎过于看重新诗的思想教育与精神教化作用，疏于其作为一种语言艺术而润化人心、提升心境的作用，所谓 “言之无文，行而不远”（《左传》）——于是想自己来试一试。

五

这就该说到《天生丽质》的写作了。

如前所言，《天生丽质》是一次“横逸旁出”式的“试错”性写作。而如此“试错”，置于现代汉语语境中考虑，则稍不注意，就会落入“酸”“伧”“陋”的“冬烘气”和“造作”之弊，与新诗的现代性索求背道而驰。这里的关键是如何处理好“现代”与“古典”的关系，不致纠结不清或拿捏不准，导致“酸馅味”，失去现代诗的基本品性。于此，便首先想到在语境方面，尽量导向古今盘诘与对话式的“悬疑”状态，再将“意象”（包括“字意象”与“词意象”）作为戏剧性角色来编排，由此或可形成另一种“现代性”。另外就是有机引进现代禅诗的运思维度。

所谓“悬疑性”，即将诗中所有的意象和意境，均置于一种不肯定、不明确、自我盘诘、古今对话的“悬疑语境”中，以求生发更多的弥散性意涵和歧义，尽量避免单一的旨归，或闭锁性的联想。尤其在使用古典意象时，包括直接挪用古典诗句，或自己在诗中刻意虚拟的所谓“古意”，都要将其纳入现代视角处理，或戏仿，或反衬，一种印证与对质，或者说，一种“命题”而非解答。

所谓“戏剧性”，即有“预谋”地将诗中的各种意象，包括作为互文性借用的古典意象，和自己原创的核心意象与衍生意象，以及连同诗题在内的一些核心语象，均将其作为“戏剧性角色”来看待，并将其纳入一个戏剧化的语境中，或戏剧化的场景中，令其互动互证，有机转换，而获得一个新的生命体。这一点，与现当代诗人中惯常以择取生命体验与生存体验中的具体“戏剧性细节”为“戏剧性角色”的“戏剧性”写法，或所谓的“小说企图”有本质性的区别，也是我在整个《天生丽质》写作中较为看重而欣慰的小小收获。

至于“现代禅诗”，早在20世纪末，我在题为《口语、禅味与本土意识——展望二十一世纪中国诗歌》（《作家》1999年第3期）一文中，就将其列入新世纪汉语诗歌发展的重要路向之一，并指出：“主要看重其易于接通汉语传统和古典诗质的脉息，以求将现代意识与现代审美情趣有机地予以本土内化。”进而说明："既是'现代禅诗'，骨子里便少不了现代感的支撑，古典的面影下，悄然搏动的，仍是现代意识的内在理路，只是这'理路'中多了几分'禅味'而已。"且指认"'现代禅诗'之由式微而转昌兴，只是迟早的事"。

遗憾的是，此论十年过去，似乎不着应验，恰遇《天生丽质》之举，便自己稍做探路。至于收效如何，有无前途，面对滔滔大势，也只能"独善其身"了。

最终，回到开头的话题。作为一个追随当代先锋诗歌三十余年的诗人和诗评人，在《天生丽质》的实验写作中，确实也不免困惑：现代汉诗是否必须要确立自己的语言特征、自己的精神指纹？或许变动不居、移步换形，正是其语言机制的本质所在，而以杂交的语言表现杂交的文化语境，正是这个时代的必然选择？那么，即或以现代视角回眸传统而求"古典理想的现代重构"，对于早已"基因裂变"而唯新是问的现代汉语诗歌，又有多大意义呢？

不过，当我们面对当前汉语诗歌语言意识与文体意识的缺失、文化意识与历史意识的缺失以及经典意识的缺失时，我想，即或背上"开倒车"的嫌疑，也值得为此一求。至于我在《天生丽质》的写作中对我所提倡的理念实现了多少，其实并不重要。如前所言，《天生丽质》是一次"试错"而非"示范"性写作。这样的写作，其当下的意义，大概更多的只是反衬出此在的困境，而难以提交他去的路径。

或许多年后，会有有识者感叹：在那样一个现代汉语时代，居然还有诗人，以那样的文字感觉和那样的语言意识写那样的诗——那就够了。

就这一点来说，我有足够的自信。

最后，要特别向接纳并精心编辑、设计、印制和出版这部诗集的阳光出版社致以衷心的感谢！

当然，更要提前感谢所有可能结缘此书的读者朋友——互联网络时代，纸质出版已渐成纯粹仪式化之事，尤其此类小众书籍，或有真爱者垂青，已属稀有缘分，实在要提前致意为是！

2012年春初稿

2019年冬改定